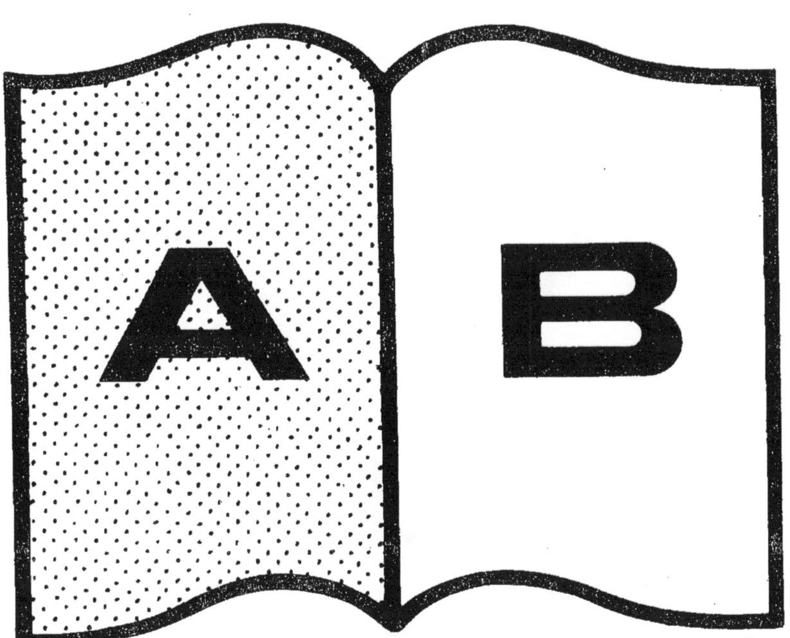

Contraste insuffisant

NF Z 43-120-14

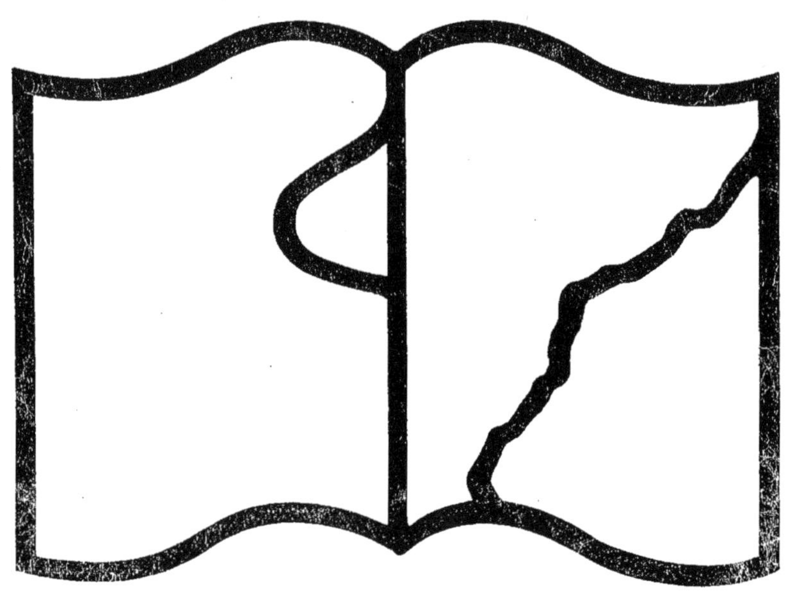

Texte détérioré — reliure défectueuse

NF Z 43-120-11

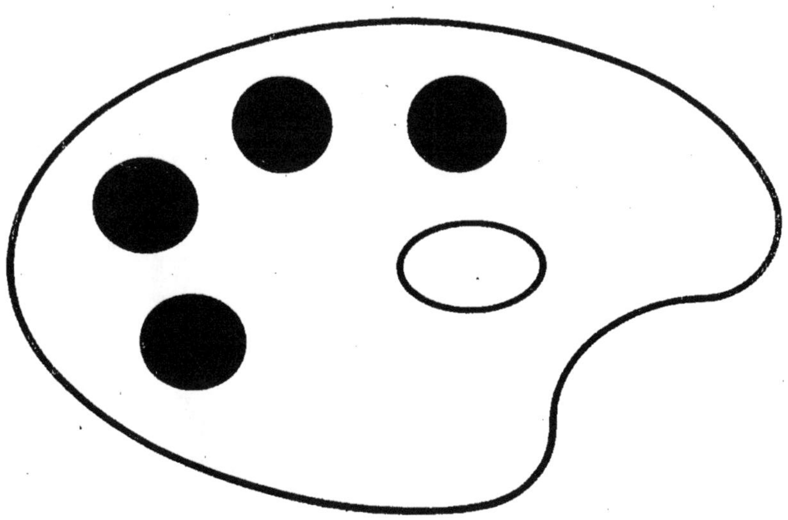

Original en couleur
NF Z 43-120-8

4° Y² 3082

LE NAIN A LA CITROUILLE

SOCIÉTÉ ANONYME D'IMPRIMERIE DE VILLEFRANCHE-DE-ROUERGUE
Jules BARDOUX, Directeur.

DÉPOT LÉGAL
Aveyron
N° 69
1903

LE NAIN
A LA CITROUILLE

PAR

EUDOXIE DUPUIS

ILLUSTRATIONS DE A. BIRCH

PARIS
LIBRAIRIE CH. DELAGRAVE
15, RUE SOUFFLOT, 15

LE NAIN A LA CITROUILLE

Il était une fois un pauvre laboureur nommé Sulpice, qui vivait dans une misérable hutte, située au milieu d'un champ si aride que le moindre brin d'herbe ne pouvait y pousser. Il n'avait d'autre moyen, pour nourrir sa famille, que de se louer aux fermiers du voisinage. Même souvent, quand les temps étaient durs, cette triste ressource lui manquait.

Un certain hiver, la famine faisait des ravages dans le pays, et le pauvre homme était au bout de son rouleau pour arriver à donner à manger à ses chers petits.

Sa femme avait un cousin qui vivait dans un village rapproché. Il était riche et pouvait facilement venir au secours du pauvre laboureur, pour peu qu'il y eût été disposé; malheureusement, il était aussi avare qu'il était riche. Il en avait voulu beaucoup à sa cousine d'épouser un simple laboureur. Toutefois, quand les choses en vinrent au pis, le pauvre homme se vit forcé d'aller trouver ce cousin et de lui demander de l'aider à empêcher ses enfants bien-aimés de mourir de faim.

L'autre le reçut avec rudesse et ne témoigna pas la moindre sympathie au récit de sa misère.

« Eh bien, dit-il froidement quand Sulpice eut fini, n'ai-je pas prédit ce qui arrive? Qu'est-ce que ma cousine pouvait attendre de bon en choisissant pour mari un être malchanceux comme toi? Elle n'a que ce qu'elle mérite! Va-t'en et ne m'importune pas plus longtemps. Il se fait tard, et il est grandement l'heure de fermer la porte de son logis et d'aller dormir. »

En dépit de ces dures paroles, le pauvre homme était dans une situation si désespérée qu'il demeura à la même place, continuant à prier et à supplier son cousin, de telle sorte qu'une pierre eût été attendrie; mais Siméon avait le cœur plus dur qu'une pierre. Toutefois, pour se débarrasser de son solliciteur, il alla à son buffet, et, prenant un pain à moitié moisi et le jetant sur la table avec brutalité :

« Prends ce morceau, et si en réalité tu es aussi dépourvu, viens ici lundi prochain; d'ici là, j'essayerai de te trouver de l'ouvrage. »

Mais pendant qu'il prononçait ces paroles, il pensait dans son cœur :

« Dans une semaine ils seront tous morts de faim, et ainsi je serai débarrassé d'eux. »

Mais Sulpice, avec plus de remerciements que la misérable croûte n'en méritait, prit congé du riche cousin d'un cœur un peu allégé.

Le chemin pour retourner chez lui était long et raboteux; de plus, il se faisait tard en effet. Minuit sonnait comme il traversait le village où demeurait Siméon. Quoiqu'il fût bien fatigué, il marchait bravement, en pensant aux pauvres petites bouches affamées qui l'attendaient. Il parvint enfin à la dernière colline qui le séparait de sa misérable hutte. Le sentier aride et rugueux qu'il avait à suivre traversait un bois épais dans toute sa longueur. Au moment où il atteignait péniblement le sommet de la colline, la lune, qui était levée depuis quelques instants déjà, commença à éclairer son chemin, et, comme ses joyeux rayons dissipaient les ténèbres de la forêt, un poids sembla tout à coup se soulever de sa poitrine, et il se sentit le cœur rempli d'espoir, comme si la bonne chance lui arrivait enfin.

Tout à coup, une petite voix plaintive se fit entendre.

« Oh ! si je pouvais y arriver ! disait-elle. Si je pouvais atteindre le sommet de cette côte ! »

Curieux de découvrir d'où venait cette voix, Sulpice s'arrêta. Il aperçut alors un nain, qui lui venait à peine au genou, poussant de toutes ses forces un énorme potiron, qu'il s'efforçait d'amener en haut de la colline. Le potiron était tellement plus gros que lui, que tout ce qu'il pouvait, quand il était parvenu à le faire monter d'un pouce, c'était de l'empêcher d'en descendre deux. Il paraissait complètement exténué.

Voyant le mal qu'il avait, Sulpice prit pitié de lui, et, saisissant le bon moment, par une vigoureuse poussée il envoya la citrouille au sommet de la côte. Sans un mot de remerciement, sans même un regard à celui qui venait de l'obliger, le nain ramassa sa longue barbe sous son bras, sauta agilement sur le potiron, qui, reprenant sa course, se mit à rouler sur l'autre pente de la montagne, et fut bientôt hors de vue aussi bien que celui qu'il portait.

« Eh bien ! s'exclama le paysan, en voilà un, paraît-il, qui pense qu'une bonne action porte en elle-même sa récompense ! Tout de même il aurait bien pu me laisser un mot de politesse : cela ne coûte pas cher. »

Mais il était injuste envers le nain, ainsi qu'il le reconnut bientôt; car, comme il atteignait le pied de la montagne, il trouva le petit homme qui l'attendait, toujours perché sur son potiron et souriant au clair de la lune.

« Paysan, lui dit-il, tu as un bon cœur, et le service que tu m'as rendu mérite une récompense. Demande-moi ce que tu voudras, et ton souhait sera exaucé. »

Le pauvre paysan n'était pas versé dans les affaires du monde, autrement il aurait pu obtenir du généreux nain tout autre chose que ce que, dans la simplicité de son esprit, il lui demanda.

« Mon bon Monsieur, lui dit-il, on m'a promis de l'ouvrage pour le commencement de la semaine prochaine; donnez-moi le moyen de me procurer à manger jusqu'à la fin de cette semaine-ci, et je serai content.

— Retourne chez toi, répondit le nain, tire un seau d'eau du puits : tu seras satisfait, et au delà. »

En prononçant ces mots, il frappa la terre vigoureusement de son pied, et la citrouille se mit à rouler parmi les buissons, emportant le nain, qui disparut.

Sulpice alors se hâta vers sa maison, et, courant droit au puits, il y fit descendre le seau. Essayant alors de le tirer, il le trouva bien plus lourd qu'il ne l'était habituellement; et quand il fut parvenu à l'amener jusqu'en haut, on devine son étonnement en voyant qu'il était plein jusqu'au bord de pièces d'or. Il ne fut pas long à faire connaître à sa femme et à ses enfants l'étonnante nouvelle, et tous remercièrent le Ciel qui leur envoyait ce secours dans leur détresse.

Il était trop tard pour aller à la ville acheter la nourriture dont ils avaient besoin ; mais, par bonheur, ce ne fut pas nécessaire : car lorsque Sulpice retira de sa poche la croûte de pain moisi que lui avait donnée son riche et avare parent, il la trouva convertie en un morceau de pain aussi frais, aussi tendre que s'il venait d'être cuit. En outre, bien qu'il ne parût pas bien gros, il fournit un excellent et substantiel repas à toute la famille, et on pouvait en prendre à son appétit sans qu'il diminuât le moins du monde.

A partir de ce moment, tout réussit au pauvre homme, — qui n'était plus pauvre du tout, — car il était maintenant aussi riche qu'il avait été misérable.

Non seulement il put à l'avenir vivre confortablement et faire vivre confortablement sa femme et ses enfants, mais aussi il eut le moyen de faire du bien autour de lui en secourant ses voisins dans l'indigence et en les tirant de la misère.

Pendant ce temps, que se passait-il chez le cousin avare ?

Le samedi suivant la première visite de Sulpice, celui-ci se présenta de nouveau chez lui.

Le petit homme l'attendait, toujours perché sur son potiron.

« Voici, dit-il en posant une pièce d'or sur la table, pour vous payer le pain que vous m'avez donné l'autre jour, et en plus beaucoup de remerciements. »

L'homme riche était trop étonné pour ramasser la pièce. Qu'un misérable qui était venu chez lui sept jours auparavant, mourant de faim, fût capable de payer une misérable croûte d'une façon si princière, c'était tout à fait incompréhensible. Il ne pouvait que regarder fixement devant lui, d'un air hébété; mais, Sulpice ayant fait un mouvement pour sortir, il parvint à balbutier :

« Attendez, cousin, attendez; ne vous en allez pas si vite. Comment vous êtes-vous procuré cet argent, vous qui, la semaine dernière, n'aviez rien à vous mettre sous la dent? »

Comme il ne pensait avoir aucune bonne raison pour faire mystère de ce qui lui était arrivé, Sulpice raconta à son parent comment, la semaine précédente, en revenant de chez lui, il avait rencontré un nain qui s'efforçait de pousser une énorme citrouille au sommet de la colline; comment il avait aidé la pauvre petite créature, et comment il en avait reçu une grande quantité de pièces d'or, en reconnaissance de ce service.

Quand Sulpice fut parti, l'homme riche se mit à penser et à repenser à tout ce que son parent venait de lui raconter. Quoique déjà il eût plus d'or qu'il ne lui en fallait, son âme vénale n'était pas contente. Son avidité et sa convoitise étaient éveillées, et ne lui laissèrent pas de repos jusqu'à ce qu'il se fût promis à lui-même de se rendre sur la route où son cousin avait vu le nain, dans l'espoir que, lui aussi, aurait le bonheur de faire la même rencontre.

Donc, aussitôt le soleil couché, il sella son cheval et se mit en route. Il faisait complètement nuit quand il commença l'ascension de la montagne. Il sentit son cœur battre violemment à la pensée qu'il allait voir le nain.

« Et si par hasard il n'allait pas être là? » se disait-il par moment, l'esprit partagé entre la crainte et l'espérance.

Mais peu d'instants après, son incertitude cessait, et, à sa grande satisfaction, au moment où il atteignait le sommet de la montagne, il aperçut l'étrange petit personnage toujours s'efforçant de faire avancer la grosse citrouille sur laquelle il était perché, juste comme son cousin l'avait vu la semaine précédente. La citrouille qu'il montait était-elle la même, c'est ce qu'il est difficile d'affirmer; mais, à coup sûr, c'était le même nain.

« Oh! si je pouvais donc la faire avancer jusque là-haut! disait-il d'une voix plaintive, tout en poussant l'énorme boule; si je pouvais la monter jusqu'au sommet, après, cela irait tout seul! »

En entendant ces paroles, Siméon s'empressa de sauter en bas de son cheval, et, s'approchant de la citrouille, il lui donna du bout de son pied une forte impulsion dans la direction voulue. Et, en effet, le potiron s'élança si rapidement sur la crête de la colline, que le nain n'eut pas le temps de sauter sur son bizarre véhicule, mais fut forcé de courir derrière, aussi vite que le lui permettait le peu de longueur de ses petites jambes. Il eut grand'peine à le rattraper, car, après avoir gravi la hauteur d'un bond, le potiron avait descendu l'autre versant du même train.

Le fermier alors, remontant sur son cheval, se mit, au grand galop, à la poursuite du nain. Quand il arriva au pied de la montagne, celui-ci était déjà établi sur sa citrouille, tout pantelant et tout essoufflé de la course qu'il venait de fournir.

« Tu es peu accoutumé à rendre service aux autres, et à cause de cela bien maladroit dans la manière de leur venir en aide, dit-il au riche fermier d'un ton rogue. Toutefois il n'y a que les fous qui regardent avec mépris un hérisson. Tu auras ta juste récompense. Retourne chez toi, tire un seau d'eau du puits, et ce que ton cousin a demandé sera ton lot. »

Le fermier fut un peu mortifié de cette décision, et l'aventure ne tournait pas tout à fait comme il l'avait espéré. Il comptait que le nain allait lui demander, à lui aussi, ce qu'il désirait, et il se promettait bien de ne pas être aussi modéré dans ses souhaits que l'avait été son nigaud de cousin. Mais il n'avait pas eu le choix. La citrouille était repartie si rapidement que le nain était hors de vue presque avant d'avoir cessé de parler. Il n'y avait donc pas autre chose à faire pour lui que de retourner au logis, en se consolant par la pensée que, après tout, un seau plein d'or et même d'argent n'était pas à dédaigner. Aussitôt il forma un plan d'après lequel il pouvait obtenir du nain beaucoup plus que son stupide cousin ne l'avait fait : c'était de prendre le plus gros de ses tonneaux et de l'attacher à la corde du puits, au lieu du seau qu'il employait habituellement; ainsi il ramènerait une bien plus grande quantité d'or.

Donc ayant, avec beaucoup de soin, attaché le tonneau à la corde et l'ayant fait descendre dans le puits, Siméon se mit en devoir de le tirer. C'était une rude tâche, et son dos aussi bien que ses bras lui faisaient grand mal pendant qu'il l'accomplissait; mais il persévéra, encouragé par la pensée du trésor qu'il allait posséder.

Enfin toute la corde fut enroulée sur le rouleau, et le tonneau apparut. Tremblant d'émotion, Siméon le saisit prestement; mais, déception! il était simplement rempli d'eau, rien de plus, rien de moins. Le malheureux devint pâle à cette découverte. D'abord il fut complètement abattu en voyant la manière inattendue dont les choses avaient tourné; mais bientôt il reprit courage en se disant que, sûrement, il réussirait en répétant l'expérience avec le seau habituel; mais il en fut de même cette seconde fois que la première. Autant de fois il recommença, autant de fois le seau remonta rempli d'eau. A la fin il le jeta à terre avec colère, en chargeant le nain qui l'avait trompé de toutes sortes de noms injurieux.

Au beau milieu de sa tirade, le petit homme se montra, toujours à califourchon sur sa citrouille, lancée à un galop furieux. Quand il fut arrivé à quelques pas de Siméon, il sauta légèrement à terre. Il semblait qu'il eût entendu ce que l'autre venait de dire, car ses oreilles étaient aussi rouges que si elles lui cuisaient cruellement, et ses yeux flamboyaient de telle sorte

« Misérable ! de quoi as-tu à te plaindre ? »

que le fermier en fut effrayé, bien que le petit homme ne lui vînt pas au genou.

« Misérable! s'écria celui-ci d'une voix que la colère faisait trembler, de quoi as-tu à te plaindre? N'as-tu pas déjà assez et plus que tu n'as besoin? En quoi t'ai-je trompé? La promesse que je t'ai faite n'a-t-elle pas été tenue à la lettre? Ton cousin avait demandé de quoi l'empêcher de mourir de faim jusqu'à la fin de la semaine. N'as-tu pas obtenu ce qu'il a demandé, et bien au delà? »

En parlant ainsi, le nain montrait du doigt le baril d'eau, et Siméon tressaillit en voyant la manière dont les paroles du petit homme pouvaient être interprétées. Il est sûr qu'il avait, et au delà, ce que son cousin avait demandé : la seule différence, c'est que Sulpice avait rencontré le nain le dimanche de grand matin, tandis que lui l'avait rencontré tard dans la soirée du samedi; et comme il avait soupé avant de partir, un verre d'eau était vraiment bien suffisant pour atteindre la fin de la semaine, qui ne devait guère durer encore plus d'un quart d'heure.

« Ton cousin, reprit le nain, m'a rendu service par pure bonté de cœur et sans espoir de récompense; mais en est-il de même de toi? Si tu m'as aidé, ce n'a été que dans le vil désir d'augmenter encore tes richesses. A cause de tes iniquités passées, je reporte sur ta tête la mauvaise chance qui autrefois était le lot de ton cousin, et sur la sienne la prospérité qui t'avait toujours suivi jusqu'ici et que tu méritais si peu. »

Ayant prononcé ces paroles sacramentelles, le nain s'élança sur son potiron et disparut comme l'éclair, laissant le cousin avare dans une disposition d'esprit qui n'avait rien d'agréable.

La malédiction, aussi bien que la bénédiction du nain, s'accomplit de tout point, et, pendant que Siméon devenait de plus en plus pauvre, si bien que, si son cousin n'était venu à son aide, il eût été forcé de mendier son pain de porte en porte, Sulpice voyait chaque jour croître ses richesses et réussissait dans tout ce qu'il entreprenait.

LE TRÉSOR PERDU

Pendant un certain règne de la dynastie des Shin, un gouverneur Queng-Te régnait sur les provinces de l'est de l'empire chinois. Queng-Te était un homme qui passait pour très habile et, qui plus est, aimait à le montrer aux autres.

Un beau jour, il se sentit si satisfait de lui-même qu'il fit publier une proclamation par laquelle il promettait une grosse somme d'argent à toute personne qui lui poserait une question qu'il ne pourrait résoudre.

Pendant toute une année, la proclamation resta sans effet, et, Queng-Te n'ayant jamais eu la moindre difficulté à répondre aux questions qui lui étaient posées, l'argent restait dans son trésor. Au commencement de la seconde année, il augmenta la somme offerte, et il semblait qu'il eût pu, sans inconvénient, en promettre une plus forte encore, car cette année s'écoula de même que l'autre sans qu'aucune question méritât la récompense.

A cette époque vivait, dans un district de la province, un jeune homme d'un bon sens fort avisé et qui donnait les plus grandes espérances. Il se nommait Hop-Wing.

Par malheur, il était pauvre et avait été forcé d'accepter la place de secrétaire du magistrat du district, qui s'appelait How-

Tou. Ce magistrat était loin d'être un bon maître, et le pauvre Hop-Wing devait travailler très dur pour obtenir une très petite paye; car si How-Tou était fort avare quand il fallait montrer son argent, il était fort libéral quand il s'agissait de punir par des coups la moindre faute ou le moindre manquement. La vérité est que How-Tou avait passé ses examens et atteint la position élevée qu'il occupait par le plus grand des hasards, car c'était un homme fort incapable; et, sachant que Hop-Wing était un jeune homme dont le mérite était fort apprécié, il en était jaloux.

Un jour il alla même jusqu'à l'accuser de vol. Il manquait, disait-il, à son trésor un sac contenant la somme de mille taëls. Il l'avait déposé en certain lieu, le soir précédent, et le matin il avait disparu. Personne autre que Hop-Wing ne savait que le sac avait été déposé là, donc c'est lui qui l'avait volé.

En entendant cette accusation, le pauvre secrétaire fut comme frappé de la foudre, et aussitôt qu'il eut recouvré un peu de sang-froid, il protesta de son innocence; mais à quoi bon? How-Tou ne le laissa pas s'expliquer.

« Misérable voleur! s'écria-t-il, rends tout de suite le trésor que tu as dérobé, ou bien tu payeras ton crime de ta tête. Je te donne vingt-quatre heures pour décider lequel tu veux livrer de l'un ou de l'autre.

— Hélas! comment rendrais-je ce que je n'ai pas pris? s'exclama l'infortuné. Je n'en sais pas plus sur votre argent que n'en sait un enfant nouveau-né.

— Eh bien! si tu as oublié où tu l'as caché, reprit l'autre en raillant, que ne le demandes-tu à notre gouverneur, qui est si avisé? Sûrement il te dira où il est, ou bien, s'il n'est pas capable de répondre selon sa promesse, il te donnera mille taëls. De toute façon ce sera une manière de me rembourser de ce que tu m'as pris. »

Quelque chagrin qu'il éprouvât d'être accusé d'un crime qu'il n'avait pas commis, Hop-Wing, voyant qu'il ne pouvait convaincre son maître de son innocence, crut découvrir dans ces paroles le moyen de sortir de la difficulté où il était engagé.

« Accordez-moi le temps nécessaire pour aller à la capitale et voir le gouverneur, dit-il, et je ferai ce que pourrai pour sauver ma tête.

— Je te donne une semaine, répliqua le magistrat. Au bout de ce temps, il faut que j'aie mes taëls ou ta vie. Je te le répète, reprit-il en grinçant des dents, il me faut mon argent ou ta méprisable tête. Rappelle-le-toi bien : ta tête ou mes taëls ! »

Le méchant How-Tou pouvait d'autant plus se montrer absolu dans sa revendication qu'il savait mieux que personne où se trouvait le sac manquant, et il était bien sûr que le gouverneur Queng-Te, lui, n'en savait rien. Aussi il comptait bien que Hop-Wing lui apporterait mille taëls, qui viendraient s'ajouter à ses richesses déjà considérables.

Le jour suivant, le malheureux secrétaire partit pour la capitale. Il l'atteignit au bout de trois jours de marche, et il avait hâte de se présenter devant le gouverneur, lorsqu'il apprit que celui-ci avait fait des changements dans sa proclamation, laquelle maintenant était ainsi conçue :

« Celui qui aura posé à Son Excellence une question à laquelle Son Excellence ne pourra pas répondre d'une façon correcte, sera fait magistrat dès qu'il y aura un siège de vaçant dans la province; mais celui qui posera à Son Excellence une question à laquelle Son Excellence répondra correctement, perdra la tête. »

Ceci faisait un grand changement dans l'affaire. Comme le cas se posait maintenant, la vie du pauvre Hop-Wing était fort aventurée. Supposé qu'il demandât à Queng-Te ce qu'il était advenu du trésor perdu, qu'arriverait-il ? Ou le gouverneur lui dirait où il était, et alors, la question proposée ayant été résolue, il perdrait la tête; ou bien le gouverneur répondrait qu'il n'en savait rien, et alors Hop-Wing ne serait pas plus avancé qu'auparavant; car, comme il ne pourrait gagner les mille taëls promis pour les donner à How-Tou en remplacement de ceux qu'il disait lui avoir été volés, il perdrait encore la tête.

Le pauvre Hop-Wing était fort embarrassé, et cela se conçoit. Le destin lui posait une énigme à la solution de laquelle sa vie était attachée. Une chose était certaine, toutefois : c'est qu'il n'était plus si pressé d'aller trouver le gouverneur, car rien ne pouvait être gagné en se hâtant, et tout au contraire pouvait être perdu.

Très abattu par le nouvel aspect sous lequel les choses se présentaient, il se dirigea vers une auberge, dans l'espoir qu'une bonne nuit de sommeil lui rendrait un peu d'énergie, car son voyage l'avait fort fatigué; mais son esprit était trop troublé pour lui permettre de goûter le moindre repos. Après avoir, pendant plusieurs heures, essayé vainement de dormir, il résolut de se lever et d'aller se promener au dehors pour respirer l'air frais du matin. Il se leva donc, et quelques instants après il se trouva dans la rue.

Il se mit alors à marcher avec tant de hâte qu'il arriva bientôt dans une autre partie de la ville. Il vit un grand nombre de personnes se dirigeant vers une porte qui semblait donner entrée dans un grand jardin. Il apprit que c'étaient des invités se rendant à une noce, et parmi eux il reconnut sa jolie cousine Ning-Woo. Elle lui demanda s'il voulait assister aux fêtes du mariage qui allait se célébrer dans cette habitation, et, sur sa réponse affirmative, elle l'introduisit dans le jardin et dans la maison où il avait lieu.

Après avoir traversé plusieurs belles pièces très richement meublées, ils arrivèrent à une salle plus magnifique que toutes celles que Hop-Wing avait jamais vues. Là étaient réunis un grand nombre de dames et de messieurs, qui tous paraissaient appartenir à la plus haute société. Alors la fiancée entra, accompagnée par une douzaine de jeunes filles, auxquelles alla se joindre Ning-Woo. Le fiancé étant arrivé déjà, tout le monde s'assit à la table du festin, où les mets les plus délicats et les vins les plus exquis étaient servis. Les convives étaient de la plus joyeuse humeur, ce qui était bien naturel ; les rires et les

Hop-Wing reconnut sa jolie cousine Ning-Woo.

plaisanteries s'échangeaient entre eux, bien que le plus parfait décorum fût maintenu.

Puis on apporta de l'eau bouillante, et un thé parfumé fut

versé dans des tasses de fine porcelaine. Alors les jeunes gens et les jeunes filles quittèrent leur place, et, prenant position au milieu de la pièce, se mirent à danser au son des flageolets. Chacun d'eux portait une lanterne de gaze de la forme d'un lis ou de quelque autre belle fleur. Les danses terminées, les danseurs offrirent à tous les spectateurs un présent. Aucun d'eux ne fut oublié dans la distribution, et Hop-Wing reçut des mains de sa cousine Ning-Woo un morceau de soie bleu-ciel sur laquelle était peint un paysage.

« Je vous prie de me faire l'honneur d'accepter cet objet, dit-elle avec un charmant sourire ; c'est mon propre ouvrage. Si vous le pendez sur les murs de votre chambre la nuit prochaine, j'espère qu'il vous portera bonheur. »

Les fêtes terminées, l'assemblée se sépara, et Hop-Wing fut conduit à la chambre où il devait passer le reste de la nuit. Alors, se rappelant le conseil de sa cousine, il suspendit la petite peinture dans sa chambre ; puis il s'étendit sur une natte, et, oubliant toutes ses tribulations, il fut bientôt plongé dans un profond sommeil.

*
* *

Au bout d'un certain temps, il s'éveilla, et soudain ses yeux se fixèrent sur la peinture de Ning-Woo. Chose étrange, le carré de soie devenait plus grand à mesure qu'il le regardait. Il croissait avec une telle rapidité que, en peu d'instants, il couvrit entièrement le mur sur lequel il avait été pendu. Il s'y voyait plusieurs figures maintenant de grandeur naturelle. L'une d'elles était celle d'un vieux prêtre, qui, quittant sa place dans la peinture, s'avança vers Hop-Wing saisi d'étonnement, et lui adressa ces paroles :

« Mon fils, je viens pour te rendre service. Je sais les difficultés qui se présentent à toi, et je peux t'en faire sortir. J'ai un frère qui est plus sage et plus puissant que moi, et c'est à lui que je vais t'adresser. Tu ne peux pas arriver jusqu'à lui sans quelque péril, car il est entouré de méchants démons qui essayent d'empêcher que les bonnes actions soient accomplies.

Le monstre le saisit et l'emporta dans l'espace.

Toutefois, si tu veux suivre mes instructions, tu échapperas à tout danger sans autre mal qu'une grande frayeur. Prends cette épée de bois et uses-en pour te défendre. Si tu es trop cruellement pressé, appelle mon frère par son nom de Ten-Shun, et il enverra à ton secours. »

Ayant ainsi parlé, le vieux prêtre retourna à sa place dans la peinture, qui, peu à peu, reprit ses dimensions primitives.

Pendant que Hop-Wing réfléchissait à ce qui venait de se passer et regrettait de ne pas lui avoir demandé où il pourrait trouver son frère, il entendit le veilleur de nuit qui frappait sur son gong. Le son en était à peine éteint que Hop-Wing perçut le bruit d'une glace qui se brisait, et un petit oiseau, assez semblable à une chauve-souris, se mit à voleter dans la chambre, puis s'abattit sur le plancher. Il ne l'eut pas plus tôt atteint qu'il commença à grandir, grandir de manière à devenir bientôt une sorte d'énorme dragon volant, vomissant la flamme et la fumée d'une manière terrifiante. L'horrible créature se jeta sur le jeune homme, comme s'il avait juré de le mettre en pièces; mais Hop-Wing, instinctivement, leva son épée de bois et se mit en garde. Se trouvant ainsi déjoué, le dragon se retira pour un instant, puis tout à coup, se précipitant de nouveau sur son ennemi, il le saisit dans ses griffes puissantes, et, enlevant une partie du toit, il s'élança dans l'espace.

Quoique terriblement effrayé, le jeune homme ne perdit pas tout courage. Avec son épée de bois, il laboura les côtes du monstre de telle manière que celui-ci fut bientôt forcé de le lâcher. Aussitôt qu'il se sentit à terre, Hop-Wing prit ses jambes à son cou, afin de retourner dans la maison où il avait passé la nuit. Mais voilà que, tout à coup, le dragon se change en un géant, ayant quatre têtes et huit jambes, et se met à sa poursuite. En déployant toute sa vitesse, Hop-Wing parvint à rester en tête de la course jusqu'à ce qu'il arrivât au bord d'une rivière. Fort embarrassé de savoir comment la traverser, et comme le démon allait l'atteindre, il n'eut pas d'autre ressource que de prononcer le nom de Ten-Shun, qu'il lança de toute la force de ses poumons. Immédiatement il se trouva changé en pierre, pendant que sa figure apparaissait de l'autre côté de la rivière. Le démon qui le poursuivait, prenant cette figure pour lui-même, poussa un cri de rage et, saisissant la pierre qui était Hop-Wing, il la lança contre la figure qui n'était pas Hop-Wing. C'est ainsi que le jeune homme atteignit l'autre bord. Une fois arrivé là, il reprit sa forme primitive ; mais le démon ne devait pas être si facilement bravé.

Quand il vit son adversaire hors de sa portée, le monstre se changea en feuille sèche qui, emportée par le vent, fut bientôt de l'autre côté de la rivière.

Il souffla dans un tuyau de bambou.

Il redevint alors démon et se remit en chasse. Hop-Wing, le sentant sur ses talons, eut de nouveau recours à Ten-Shun. Son appel fut entendu, et il devint un brouillard si épais que, pour un moment, le démon fut dans un embarras extrême, se demandant ce qu'il était devenu; mais il n'était nullement à bout de ressources. Il se changea lui-même en un feu ardent, qui eut bientôt fait de sécher le brouillard. Quant à Hop-Wing, s'élevant vers le ciel sous forme de vapeur, il fut changé en cerf-volant, figurant un dragon, tout à fait horrible à voir. Son ennemi n'était pas découragé toutefois, car il saisit vivement la corde du cerf-volant et la tira jusqu'à ce qu'il l'eut entre ses griffes.

Quand Hop-Wing fut revenu à sa première forme, on devine ses alarmes, en voyant que son ennemi l'avait pendu à une branche d'arbre par cette même corde qui lui entourait le cou. Cependant, chose étrange, bien que son corps se balançât au-dessous de l'arbre et que ses pieds fussent à quelque distance de la terre, le nœud n'était pas assez serré pour l'étrangler ou même pour lui faire grand mal. Sa position néanmoins était loin d'être agréable, et, pour la troisième fois, il prononça le nom de Ten-Shun. Nulle réponse immédiate ne vint, mais aussitôt que le démon, qui sûrement croyait en avoir fini avec lui, eut disparu parmi les arbres, la corde commença à s'allonger d'elle-même, de telle sorte que, au bout d'un instant, les pieds du jeune homme, au lieu de rester suspendus en l'air, atteignirent la terre ferme. Son épée de bois eut bientôt fait de trancher la corde qui entourait son cou, et de nouveau il se sentit libre.

Juste en ce moment, il s'aperçut qu'un vieillard vénérable était devant lui.

« Hop-Wing, dit-il, tu m'as appelé. Tu es dans l'embarras, et, comme tu mérites que je t'aide, je le ferai. »

En parlant ainsi, le vieillard, qui n'était autre que Ten-Shun lui-même, prit dans sa ceinture un tuyau de bambou. Il souffla doucement dans un des bouts. Aussitôt une pilule de la grosseur d'un grain de riz en sortit. Il la présenta à Hop-Wing en lui disant :

« Avale-la et sache que, par la vertu que possède cette pilule, tu échapperas à toutes les difficultés et à tous les dangers. »

Hop-Wing fit ce qui lui était ordonné. Aussitôt toutes ses inquiétudes et ses perplexités s'évanouirent, et quand il se tourna pour remercier le vieillard, il s'aperçut qu'il avait disparu.

Grâce à la pilule qu'il lui avait donnée, toutefois, Hop-Wing put trouver facilement son chemin. Avec un cœur léger, il retourna à son auberge.

Le gouverneur le reçut sans trop le faire attendre.

Ayant repris des forces en déjeunant, il envoya secrètement demander une audience au gouverneur, qui le reçut sans trop le faire attendre.

Hop-Wing lui fit connaître l'histoire du trésor volé, et termina ainsi :

« Votre Excellence comprendra que je suis dans le plus grand embarras. La question que je désire poser est celle-ci, et je ne doute pas que Votre Excellence ne me donne une réponse exacte :

« Comment puis-je sortir de la difficulté où je me trouve, et cependant préserver ma vie? »

Pour la première fois depuis qu'il avait lancé la fameuse proclamation, Queng-Te hésita à répondre. En réalité, il était aussi désireux de sauver sa réputation et de tenir sa parole que Hop-Wing pouvait l'être de sauver sa vie. Selon les termes de cette proclamation, chaque questionneur auquel il répondrait correctement devait payer cette réponse de sa tête. Il se présentait un cas que le gouverneur, malgré toute sa sagacité, n'avait pas prévu. Plus il réfléchissait sur la matière, et plus elle s'embrouillait dans son esprit. Pour se tirer d'embarras, il eut recours à un moyen détourné.

Prenant un air de grande dignité et de haute sagesse :

« Jeune homme, dit-il, vos infortunes imméritées me touchent profondément; et comme je serais très fâché d'y ajouter encore en vous ôtant la vie, je considère votre question comme n'ayant pas été posée. Je soupçonne fortement How-Tou de vous avoir traité avec une injuste rigueur, et je vais examiner sa conduite à fond. Voulez-vous, en attendant, rester auprès de moi? »

Hop-Wing accepta et le gouverneur, selon sa promesse, fit faire une enquête sur l'administration de How-Tou. On découvrit alors que non seulement le méchant magistrat avait caché le sac de mille taëls qu'il accusait son secrétaire d'avoir volé, mais encore il fut prouvé qu'il avait détourné des fonds pour une très forte somme.

En conséquence de quoi il fut traîné par la queue devant le gouverneur et condamné à mort.

Quant à Hop-Wing, Queng-Te le nomma à la place vacante, dont il était tout à fait digne par sa loyauté et par les services qu'il avait déjà rendus.

*
* *

Et ainsi s'accomplit la parole du gouverneur qui avait promis de donner à celui dont la question l'aurait embarrassé, la première place de magistrat qu'il aurait à sa disposition.

Et ainsi s'accomplit aussi la prédiction de Ten-Shun qui avait annoncé à Hop-Wing, en lui faisant avaler la pilule sortie du tuyau de bambou, que toute difficulté s'aplanirait pour lui.

Dès que Hop-Wing eut été installé dans sa charge de magistrat, il n'eut rien de plus pressé que de demander la main de sa jolie cousine Ning-Woo, à qui il gardait une profonde reconnaissance.

N'était-ce pas, en effet, Ning-Woo qui, par la bienheureuse peinture dont elle lui avait fait présent, l'avait mis indirectement en rapport avec Ten-Shun, que si souvent il avait invoqué, et dont le secours lui avait permis de mener à bonne fin sa loyale entreprise aussi bien que de se laver de la terrible accusation qui pesait sur lui?

LE PRINCE ET LE FILS DU BRASSEUR

Au commencement de l'été de 1603, par une matinée ensoleillée, le château de Hinchinbrooke, situé près de la ville de Huntingdon, présentait une animation extraordinaire.

Le roi d'Angleterre Jacques Ier, avec une nombreuse suite de seigneurs, avait résolu de visiter les provinces les plus reculées de son royaume, et, de manière à couper le voyage, qui, en ces temps où la vapeur était inconnue, ne pouvait s'accomplir qu'avec beaucoup de lenteur et de fatigue, il avait annoncé sa royale volonté de s'arrêter au château de Hinchinbrooke. C'était une halte ordinaire pour les souverains de cette époque, quand il leur arrivait de faire un voyage dans le genre de celui qu'avait entrepris Jacques Ier.

Le roi avait emmené avec lui l'un de ses fils, le prince Charles, charmant et délicat enfant de quatre ans, et cette circonstance embarrassait sir Henry Cromwell, le propriétaire du château de Hinchinbrooke, beaucoup plus que tout le reste.

« Avec le roi, se disait-il, je saurai toujours bien me tirer d'affaire. C'est un homme. Pour le divertir, nous avons la chasse, les excursions aux environs ; et, s'il veut garder le logis, le noble jeu des échecs et la conversation des dames, qui toutes seront trop fières de faire briller leur esprit devant lui; mais comment amuser un petit prince de quatre ans? C'est ce que je ne saurais imaginer. »

A chacun de ceux qu'il rencontrait, il faisait part de son embarras, mais personne ne pouvait l'en tirer. Enfin, il lui vint à l'esprit qu'il avait un petit-fils, à peine plus âgé que le prince, lequel vivait chez son père, brasseur dans la ville de Huntingdon, et que ce qu'il avait de mieux à faire, c'était de l'envoyer chercher.

Donc, sir Henry se hâta d'écrire quelques lignes au brasseur, pour lui dire qu'il eût à envoyer au plus vite son fils Olivier au château, où il resterait tout le temps de la visite du roi.

« Va porter ce message à mon fils Robert, le brasseur de Huntingdon, dit-il à un petit page, en lui remettant sa lettre; surtout ne perds pas de temps, ne flâne pas en route, ne laisse pas, comme on dit, l'herbe croître sur le chemin, et reviens le plus tôt possible avec mon petit-fils Olivier. »

Et pendant que l'enfant s'éloignait en toute hâte, le vieux chevalier se frottait les mains avec satisfaction, en se disant qu'il avait enfin découvert le moyen d'amuser le petit prince.

« Sans compter que ce n'est pas déjà si mal imaginé, poursuivait-il en lui-même, en allant et venant dans la cour et les appartements du château pour s'assurer que ses ordres étaient exécutés; qui sait ce qui adviendra de cette rencontre, et si mon Olivier ne se fera pas un ami du prince Charles? Un roi n'est pas un mauvais protecteur pour un jeune garçon comme lui. Les deux enfants pourraient se prendre d'affection l'un pour l'autre, et... »

Les visions les plus brillantes flottaient dans l'esprit du grand-père.

Les drapeaux aux couleurs éclatantes s'agitaient au-dessus des tours et des créneaux de Hinchinbrooke, dominés par l'étendard royal d'Angleterre annonçant la présence du souverain. Les vieilles murailles grises, qui, autrefois, avaient servi à abriter de pieuses nonnes, — le château ayant d'abord été un monastère, — renfermaient maintenant une troupe nombreuse de soldats, et les voûtes qui avaient si longtemps retenti de saints cantiques répétaient les refrains joyeux et brillants des chansons à boire ; des seigneurs, superbement vêtus, parcouraient les salles et les corridors ; de riches carrosses attendaient devant les perrons l'heure de la promenade, tandis que des chevaux piaffaient dans les cours, impatients comme leurs

Tout le château avait pris un air de vie inaccoutumé.

cavaliers de se lancer dans les bois environnants à la poursuite du cerf et du chevreuil. Tout le château, enfin, avait pris un air de vie inaccoutumé, et le vieux chevalier se multipliait, allant de-ci et de-là, afin d'être agréable à son souverain aussi bien qu'à son entourage, et anxieux de voir arriver son petit-fils.

Son attente ne fut pas longue. Sir Henry Cromwell, avec une profonde révérence, présenta le jeune Olivier au roi. Le petit prince, qui se tenait à côté de son père, ôta avec grâce l'élégante toque de velours ornée d'une longue plume blanche qui lui couvrait la tête, et salua avec courtoisie le petit camarade qu'on lui amenait, et qui lui sembla singulièrement grave. Quant à Olivier, qui ne connaissait pas les belles manières de la cour, et dont le caractère raide et hautain ne se serait pas accommodé de ce qu'elles avaient de servile, même à ses yeux d'enfant, il se contenta d'un salut tel que celui dont il usait habituellement avec ses camarades, et c'est en vain que son grand-père, en appuyant pesamment la main sur son épaule, s'efforça de faire plier ses jambes rebelles devant le jeune prince.

Fortement et lourdement bâti, avec une grosse tête posée sur de larges épaules, de grosses joues que l'air de la campagne avait fortement colorées, Olivier présentait un contraste frappant avec l'extérieur délicat et distingué de Charles. Tandis que l'un portait ses cheveux bruns, courts et presque ras, ce qui fit donner quelques années plus tard, en Angleterre, le nom de Têtes-Rondes à tout un parti politique qui les portait coupés de même, la tête de l'autre était couverte de cheveux blonds, soyeux et bouclés, qui lui descendaient sur les épaules ; mais le fils du brasseur ne semblait pas plus intimidé de la pompe inusitée que présentait ce jour-là le château de son grand-père, que le fils du roi lui-même, et c'est avec une tranquillité dédaigneuse qu'il avait traversé la foule des courtisans et des soldats pour arriver jusqu'à Jacques.

Le roi posa une de ses mains sur la tête tondue du petit-fils de son hôte, pendant que l'autre continuait à caresser la chevelure blonde du petit Charles ; puis, avec un paternel sourire, il ordonna aux deux enfants d'aller jouer ensemble et d'être bons amis.

Tendant la main avec une confiance enfantine au silencieux Olivier, le petit prince serra entre ses doigts blancs et mignons les doigts forts et rudes de son compagnon, et se dirigea vers la large porte sculptée qui conduisait au parc. Le soleil dansait joyeusement entre les branches des arbres et semblait jouer à cache-cache avec le feuillage ; les gazons étendaient devant le château leurs vastes pelouses, semées de pâquerettes, sur lesquelles les enfants pouvaient s'ébattre en liberté. Quelques lapins avaient pris les devants, habitués qu'ils étaient à faire de cet endroit le théâtre de leurs jeux; mais, en apercevant les deux enfants, ils s'étaient hâtés de fuir et de se retirer dans les bosquets environnants.

« A quoi allons-nous jouer? » demanda Charles, selon la coutume de tous les enfants, à quelque classe de la société qu'ils appartiennent.

Le vif regard d'Olivier avait suivi la retraite des lapins, et sa figure renfrognée s'était quelque peu déridée à la vue de leur petite queue blanche dressée en l'air.

« Ils vont revenir, dit Olivier, en montrant les lapins du doigt; nous n'avons qu'à nous cacher et à nous tenir tranquilles; quand ils seront en train de jouer, nous sauterons sur eux et nous en attraperons quelques-uns. »

Les joues pâles de Charles se colorèrent de joie à cette proposition; il se retira avec son camarade derrière un gros arbre, pour veiller les allées et venues des petites bêtes; mais, soit qu'ils ne fussent qu'imparfaitement cachés, soit pour toute autre raison, celles-ci ne reparurent pas.

La patience n'est pas la qualité dominante des enfants, et surtout des jeunes princes; Charles se lassa bientôt d'attendre le bon plaisir des lapins : il proposa à Olivier de jouer à la course.

« Vous serez le cheval, et voici vos harnais, dit-il en détachant de sa ceinture des rênes de soie que sa mère lui avait données avant de partir; moi, je serai le cavalier, et je vous fouetterai avec mon fouet. »

Et il montrait un joli petit fouet, monté en argent, qu'il tenait à la main, et qui accompagnait les rênes.

Mais Olivier refusa rudement d'être harnaché. Peu accoutumé à éprouver de la contradiction, Charles se fâcha, frappa du pied, en agitant son petit fouet, arme bien inoffensive; le bout atteignit Olivier.

La face du jeune garçon devint cramoisie, et fermant son poing d'une manière menaçante :

« Vous ne me harnacherez jamais ; jamais vous ne me prendrez pour votre cheval, entendez-vous? Jamais, jamais, jamais vous ne me conduirez! »

Puis, avant que le petit prince eût pu faire entendre une parole, le lourd poing fermé du rude garçon tombait au milieu du visage de Charles. Quant les domestiques, accourus à ses cris, arrivèrent, ils furent frappés d'horreur en voyant le sang couler du visage de l'enfant sur sa collerette de dentelle et sur son pourpoint de velours.

Comme on le pense, Olivier fut aussitôt renvoyé à Huntingdon, et toutes les visions agréables du vieux chevalier, au sujet de son petit-fils, s'évanouirent : sûrement, Charles Stuart et Olivier Cromwell ne seraient jamais amis!

Cependant, dès sa plus tendre enfance, les plus grandes destinées avaient été prédites à ce petit-fils, et, peu de temps après ce que nous venons de raconter, une nuit, pendant qu'il dormait, Olivier avait vu, disait-il, un homme de haute taille qui, après s'être arrêté près de son lit et avoir ouvert les rideaux, lui avait annoncé qu'il serait un jour le personnage le plus considérable du royaume. Quand il raconta ce songe à son père, celui-ci le réprimanda rudement et lui dit :

« Surtout ne t'avise jamais de répéter de semblables paroles. Tu serais bien coupable si tu y attachais la moindre importance, car ce serait être déloyal envers le roi de supposer que ce rêve se réalisât et que quelqu'un pût devenir en Angleterre un personnage plus important que le roi lui-même. »

Mais Olivier soutint que la prédiction s'accomplirait, et que, d'ailleurs, l'homme ne lui avait pas dit qu'il serait roi, mais seulement le personnage le plus important du royaume. Néanmoins, le père fut si mécontent de l'entêtement de son fils, qu'il ordonna à son maître d'école de le fouetter rudement, afin de tâcher de lui ôter ces billevesées de la tête.

Le fouet était le grand moyen d'éducation de ce temps-là, et il y a des gens qui prétendent qu'il a du bon ; quoi qu'il en soit,

« Jamais, jamais, jamais vous ne me conduirez ! »

il fut sans effet sur le jeune Olivier, qui continua à répéter la prophétie qui lui avait été faite. Il la redit, entre autres personnes, à un oncle qui, de même que son père, le blâma vertement de tenir des discours qu'on pouvait presque considérer comme une trahison envers le roi.

Pendant que l'esprit du jeune Olivier était occupé de ces rêves de pouvoir, l'enfant délicat qu'il avait traité si brutalement sous les ombrages de Hinchinbrooke était devenu un beau jeune homme, et l'héritier d'une couronne véritable par la mort de son frère aîné le prince Henri.

Accompagné de son ami le duc de Buckingham, il avait quitté l'Angleterre pour se rendre à la cour d'Espagne, où il devait voir une jeune princesse que le roi son père désirait qu'il épousât. Les deux jeunes voyageurs s'arrêtèrent à Paris. Là, dans un bal masqué, Charles rencontra la charmante Henriette de France, fille de Henri IV et sœur de Louis XIII, qui régnait alors. Il fut tellement séduit par la beauté, la grâce et l'esprit de la princesse française, qu'il ne songea plus à épouser une Espagnole et que Henriette de France devint reine d'Angleterre.

De son côté, Olivier devenait un homme d'importance dans la ville de Huntingdon.

Le bon chevalier sir Henry Cromwell était mort depuis longtemps, et ne pouvait plus réprimander son petit-fils pour sa rudesse et son caractère indompté. Quelques années après, le père d'Olivier mourut à son tour, et le jeune homme se trouva, à dix-huit ans, à la tête de la brasserie paternelle; puis pendant que le prince Charles épousait la belle Henriette de France, Olivier amenait chez lui une souriante jeune femme, et bientôt des enfants joyeux et insouciants jouèrent de nouveau sous les ombrages de Hinchinbrooke, qui avait passé d'abord à son père, puis à lui-même; sous ces ombrages où il avait joué avec le prince enfant, et où il avait châtié si rudement une offense imaginaire.

A ce moment de leur existence, autant la vie de Charles était animée et joyeuse, autant celle d'Olivier était grave et paisible. Cependant les choses ne tardèrent pas à changer de face : le prince Charles était devenu le roi Charles Ier, son père Jacques Ier étant mort. Ce n'est jamais aisé d'être roi et de gouverner un grand royaume, mais il y a des époques où la tâche devient encore plus difficile. Le pauvre Charles Ier en fit la rude expérience. Un grand nombre de ses sujets, et parmi eux son ancien camarade d'un jour, Olivier Cromwell, se soulevèrent contre lui, déclarèrent que le roi Charles était un tyran, et que le pays serait plus heureux et plus prospère sans lui. Ce fut le signal de la guerre civile.

Le Lord Protecteur d'Angleterre.

Pendant plusieurs années le désaccord régna entre Charles et son Parlement, comme on appelle l'assemblée des députés en Angleterre. Olivier Cromwell en avait été élu membre, et était devenu un des principaux adversaires du roi. Peut-être pensait-il aux visions qui avaient hanté son enfance et se voyait-il au moment de les réaliser. Se croyait-il, comme il le disait quelquefois, l'instrument de la Providence, chargé par elle de faire le bonheur de l'Angleterre, en renversant un roi qui, suivant lui et les hommes de son parti, ne gouvernait pas selon la justice? Qui peut le dire? Il est difficile de lire dans les pensées des hommes. Ce qu'il y a de sûr, c'est que les choses allèrent de mal en pis pour le roi Charles, qu'il fut défait et obligé de fuir, pendant que l'armée du Parlement, à la tête de laquelle était Olivier Cromwell, triomphait de tous côtés.

Pauvre roi Charles! les jours heureux étaient finis pour lui. La reine Henriette quitta secrètement l'Angleterre, emportant les riches joyaux qui avaient brillé avec tant d'éclat sur sa tête et sur ses épaules dans les fêtes de Windsor, et les vendit afin de payer des soldats pour soutenir le parti de son mari; mais ses efforts furent inutiles; l'armée du Parlement, sous les ordres de Cromwell, finit par devenir maîtresse de toute l'Angleterre, et le roi lui-même tomba entre les mains de ses ennemis, qui le firent prisonnier et le condamnèrent à mort.

Quand le terrible jugement eut été signifié au roi, il demanda à voir ses enfants, du moins ceux qui étaient en Angleterre à cette époque, c'est-à-dire la princesse Élisabeth et le petit duc de Glocester. Il chargea d'abord sa fille de ses souvenirs pour sa femme, sa bien-aimée Henriette, qui était toujours à l'étranger, s'efforçant d'obtenir des secours pour délivrer son mari; puis il prit sur ses genoux le petit duc et lui parla ainsi :

« Mon cher enfant, on va bientôt couper la tête de ton père; fais attention à ce que je te dis : ils vont couper la tête de ton père, et peut-être ils voudront faire de toi un roi. Mais rappelle-toi bien : tu ne dois pas être roi tant que tes frères Charles et Jacques vivront. »

Le brave enfant répliqua :

« On me mettrait plutôt en pièces. »

Alors le malheureux père donna aux deux enfants sa bénédiction et leur dit adieu. Le lendemain, un triste jour du mois de janvier, le roi monta sur l'échafaud et fut décapité.

L'ordre d'exécution avait été signé par tous les membres du Parlement. En tête figurait le nom d'Olivier Cromwell.

Comme le fils du brasseur de Huntingdon traçait d'une main ferme les lettres de son nom sur ce cruel document, se rappela-t-il le jour où le soleil brillait si joyeusement sur les pelouses de Hinchinbrooke? Revit-il par la pensée le frêle petit prince qui serrait sa main avec une entière confiance; qui avait répondu d'un si doux sourire quand son père lui avait ordonné de tâcher de faire amitié avec son gros et sombre camarade; qui avait ri de si bon cœur en voyant les cabrioles des lapins sur les pelouses, et qui s'était réjoui si naïvement à la pensée de les attraper? Se rappelait-il sa propre explosion de colère quand le bout du fouet de l'enfant avait effleuré son visage, et la brutalité avec laquelle il avait puni cette légère offense?...

Le fils du brasseur poursuivit sa prodigieuse carrière et vit son rêve se réaliser; le jour où il fut proclamé Lord Protecteur d'Angleterre, d'Écosse et d'Irlande, Olivier Cromwell était devenu le premier personnage d'Angleterre.

LES PRUNES

DE

MAITRE HECTOR CAPONARD

« Il faut absolument, dit maître Hector Caponard, que je tire la chose au clair !

« On me vole mes prunes, c'est évident. Hier, j'en ai compté trente sur l'arbre ; aujourd'hui, il n'y en avait plus que vingt-neuf.

« Je ferai voir à ces maraudeurs qu'on ne s'attaque pas impunément à maître Hector Caponard. Ils ne savent donc pas que mon enfance a été nourrie de récits de sang et de bataille ! que mon arrière-arrière-grand-père combattit sur mer et sur terre, et que je possède ses armes, son casque, sa cuirasse, son épée et son bouclier ! »

*
* *

La nuit est sombre et tranquille ; les trois jolies filles de maître Hector Caponard dorment sur les deux oreilles ; le vaillant héritier des preux revêt l'armure de son arrière-arrière-grand-père ; il pose le casque sur sa tête, — oh ! qu'il est lourd ! — il tire l'épée du fourreau, — oh ! qu'elle est longue ! — et il se dirige vers le jardin, — oh ! qu'il est grand !

Les arbres noirs ressemblent à des spectres, la lune glisse entre eux sa face blafarde, dont la lueur ne parvient pas à dissiper les ténèbres.

Le vaillant héritier revêt l'armure de son arrière-arrière-grand-père.

« Grand Dieu ! qu'ai-je entendu ? Ce bruit ? N'est-ce pas celui d'un fusil qu'on arme ? — Non, rien, ce n'est rien ; rien que le frottement de mon vêtement de fer contre les arbres du taillis.

« Mais quelle est cette ombre noire qui marche à côté de moi, longeant le mur d'un pas égal au mien ? Ne serait-ce pas mon voleur ? Quel panache effroyable il porte sur la tête ! Et son

Une seconde figure, noire et hérissée...

nez, qu'il est long et crochu!
— Je m'arrête, il s'arrête! C'est mon voleur, c'est sûr! »

Le vaillant Hector sent un étrange tremblement agiter ses membres; ses dents s'entre-choquent; une sueur froide lui coule dans le dos, perle sur son front... Aurait-il peur? Peur! lui! le descendant des preux! allons donc!

Il presse le pas toutefois, il se hâte; l'ombre fait de même.

Alors, ne voyant pas d'autre moyen de se soustraire à cette poursuite obstinée, le vaillant Hector se hisse sur le mur. L'ombre aura-t-elle l'audace de le suivre jusque-là?

Non, elle est restée en bas, sans doute : il ne la voit plus; mais voilà que, juste comme maître Caponard se dispose à

Peur! lui! le descendant des preux!...

sauter de l'autre côté, une seconde figure, noire et hérissée, s'avance vers lui, glissant le long de la crête du mur. D'un bond, il est à terre.

Son armure rend un son retentissant sur les pierres et les cailloux du chemin.

« J'ai toute une armée à mes trousses, s'écrie le brave chevalier, abandonnant les pièces de sa cuirasse qui se sont détachées dans sa chute. Si vaillant qu'on soit, on ne peut tenir tête à une armée; car j'ai toute une armée à mes trousses! »

Et, lâchant son épée, jetant son casque et son bouclier afin d'être plus léger, maître Hector Caponard s'élance vers la maison, en courant de toutes ses forces, et sans regarder derrière lui.

Une ombre aussi courait toujours à son côté, mais elle n'était plus coiffée d'un casque surmonté d'un panache effrayant.

Elle ressemblait à s'y méprendre à maître Hector Caponard lui-même.

« J'ai toute une armée à mes trousses ! »

C'est ce que pensait la lune, qui riait là-haut dans le ciel et semblait s'amuser prodigieusement. Tous deux, l'ombre et le chevalier, atteignirent enfin la porte du logis ; l'un des coureurs s'y précipita, tête baissée, tandis que l'autre s'évanouissait dans les ténèbres.

Sur le seuil, maître Hector rencontra ses trois jolies filles.

L'une portait une chandelle allumée, l'autre des mouchettes; la troisième brandissait une tête de loup.

« Oh! père, vous arrivez trop tard, dirent-elles toutes trois ensemble ; le voleur est parti !

— Un voleur!

— Oui, nous avons vu, sur le mur du jardin, un homme couvert d'une armure, et armé d'une longue épée : il voulait sûrement dépouiller votre prunier favori.

« Nous avons entendu le cliquetis de son armure; alors nous avons couru, et, armées de la tête de loup, nous l'avons jeté de l'autre côté du mur. Et il ne manque pas une prune à votre prunier; il y en a vingt-neuf, et une que nous avons cueillie ce matin, pour goûter si elles étaient mûres; cela fait les trente. »

Depuis ce temps, le vaillant Hector ne parla plus de ses illustres ancêtres, et il ne s'avise plus d'endosser leur armure, par l'excellente raison qu'il ne la possède plus. Elle est restée abandonnée sur le chemin, et il s'est donné de garde de la réclamer.

TABLE

SOCIÉTÉ ANONYME D'IMPRIMERIE DE VILLEFRANCHE-DE-ROUERGUE
Jules Bardoux, Directeur.

IN LABORE
ROBUR

IN·LABORE
C
D
·ROBUR·

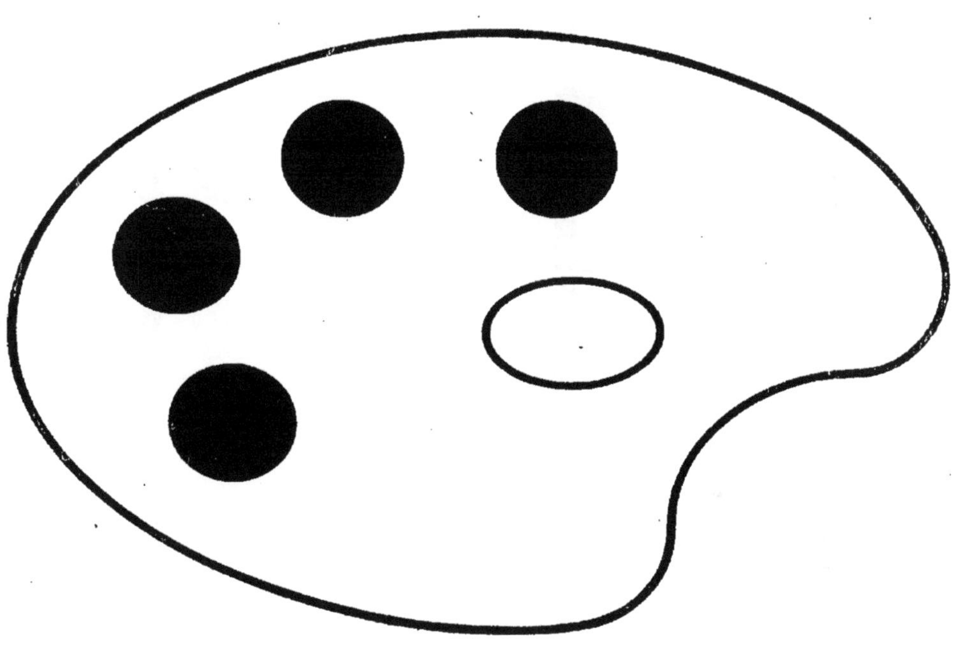

Original en couleur
NF Z 43-120-8

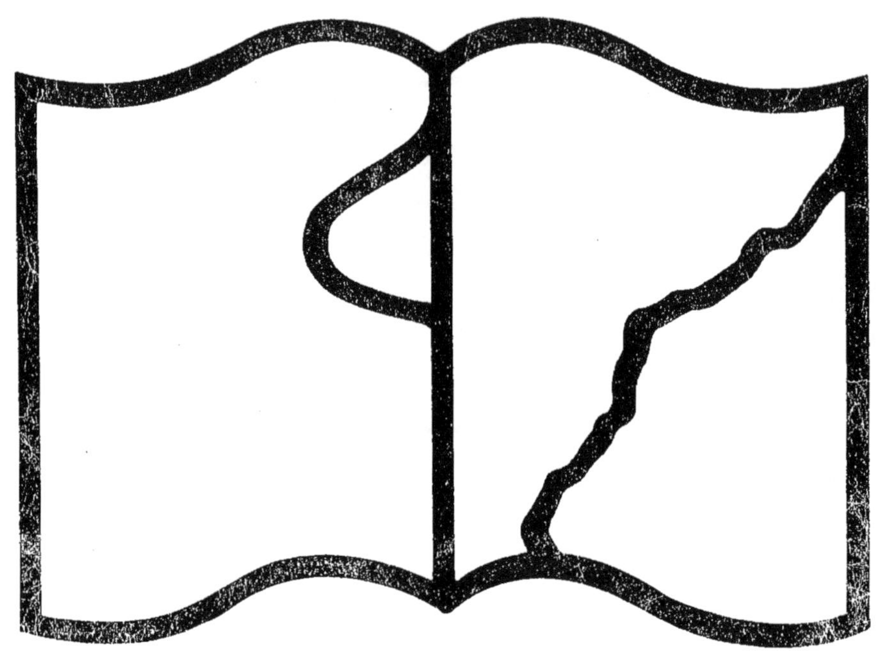

Texte détérioré — reliure défectueuse

NF Z 43-120-11

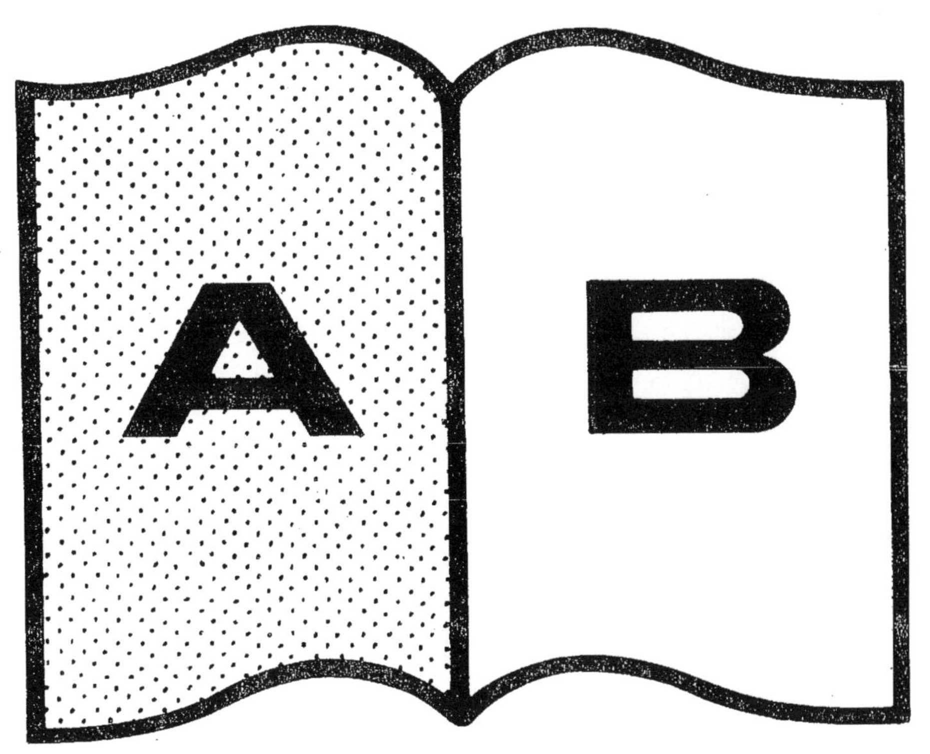

Contraste insuffisant

NF Z 43-120-14